夢尽きるまで

JN069851

杉本　隆

満足出来るものでは
ありませんが
一冊の本にするために
余計な枚数を
多く致しました。
私の遺書のようなものです。

九十歳の冬

谷川を堰いて水浴び蝉時雨聞いた故郷何故かこいしき

山里を訪れし乙女哀れなり日傘のかげの我もかなしき

初恋の女《ひと》にあうなと友は言ふ十九の乙女今もかわらず

彼岸花咲いた向うに故里が父母の墓石の赤く染む秋

二人なら生きて行けると思う時頬そめし乙女《ひと》我によりそう

遠き日に汽車の窓から紙吹雪撒いて哀しい初恋の乙女《ひと》

後三年《みとせ》生きて見るかと思う時眠りし妻《ひと》の影がよりそう

背をまるめ炬燵にもたれ窓のそと里偲《さと》ぶれば雪も冷たく

遠き日の女の写真もえる時煙目にしむ秋の夕暮

流離の人世《ひとよ》あるきしそのはては猶も流離う地獄への道

人なれば惚けと孤独死それもよし夢を求めて束の間の人生《たび》

背を丸め炬燵にもたれ妻は言ふ櫻咲くまで生きて見たしと

学び舎《や》を抜けて語りし古城跡夢見し友の影は今なし

故里の母に会をうと汽車の窓灯火《あかり》恋しい高梁の駅

久々に母のぬくもり感《おも》う時外は深々雪の山里

如月《きさらぎ》の月も凍るや故里の母の墓石の只寂しくて

今宵また月も寂しい信濃路を湯の香ほのぼの友と旅ゆく

終電車着いた向うに夢があり秋田なまはげ津軽恋歌

学び舎を抜けて登りし城跡の雲に誓いし十五の思い

城跡の岩に寝ころび青春を雲に語りし十五の心

一人寝の四畳半部屋生きる時幸せなりと思う日もあり

捥《も》ぎたての白桃《もも》送り来る友があり竹馬の友のありがたきかな

人はみな年齢《とし》の数だけ夢があり夢尽きるまで生きて逝きたし

宍道湖《しんじこ》に日の沈む時なに思う白髪まじりの姦しの旅

哀愁なミュジックサイレン鳴る街は我が故郷《ふるさと》ぞありがたきかな

惚けてなを我の手を取り爪をかむ妻は今でも夢に生きるや

酒を呑み愚痴言ふ友の今はなく己一人の生きる年の瀬

雨戸うつ北風吹いて日は暮れる炬燵にもたれ老人《ひと》眠り逝く

背をむけて涙こらえし乙女にも永久《とわ》に愛すと呟きし日も

何時《いつ》までも認知の妻の待つと言ふ心悲しさ我を忘れず

痩せ蛙鳴いて田植えの終るころ古里《くに》出でし我父母に背を向け

囲炉裏火に栗爆ぜし日の思い出は母のやさしさなれどきびしさ

雪を踏み峠越え行く山里に父母の墓石のなをも淋しき

居眠りの陰にかくれた倖せを早朝電車の窓に見る時

老いと共惚けゆきし我これも人宿命《さだめ》なるまま生きゆくも人生《ひと》

遠き日に人間らしく生きたしと故郷すてた昔懐かし

孤独死は覚悟のうえと呟けど淋しさだけが心よぎりて

病葉を水に流しつ柳川の岸にたたずみ女《ひと》はなに見る

薦《こも》巻いて松の木温《ぬく》いか冬景色後楽園は今日も木枯し

死んでなを渡る事なき成羽川淋しさだけが帰る故郷《ふるさと》

泣きさけぶ子の手を取りし若き女目《ひと》の潤《うる》む時何を思うや

遠き日に祖父の袂の金平糖かぞえて食らう囲炉裏火の秋

泡沫《うたかた》の人の生命と知りながら夢を求めて今日も彷徨ふ

故郷へかえれる人は幸福《しあわせ》と呟きし妻薬《ひと》手にせず

北風の泣いて通るか北陸路思い出だけが旅の道連れ

霧ふかし高梁駅の思い出は母の涙と十八の春

淋しさを旅でまぎらす北陸路湯煙に泣く思い出の宿

故郷は今日も雪かと見上ぐれば頬に粉雪とけて哀しき

惚けぬまゝ死に逝きたしと妻は言ふなれど叶わず宿命《さだめ》哀しき

孤独死を心にきめて早や三年《みとせ》生き行く日々のありがたきかな

三味線《シャミ》が泣く日暮れて淋し北の街秋田時雨《しぐれ》かなまはげの声

麗しき女医が手にする注射器の針の痛みに我は生きゆく

杖たより八十八ヶ寺一人旅苦しさだけが残る仕合せ

津山城雪も吹雪けば見えもせずひと佇みて我の手を取る

手を取られ老人会へと行く友の影は淋しく秋の日は暮れ

死ぬまでに母に会をうと汽車にのり高梁駅は秋の夕暮

霧ふかし津山の街の思い出は人恋初めし十八の春

木枯しの吹き行く里の思い出は囲炉裏火の音干し柿の味

窓にふる雪を見つめて妻は言ふ何時か故郷帰り見たしと

淋しさを人に見せじと背を向けて見上げて哀し雪が目にしむ

城跡の岩に寝ころび青春を友と語りし十五の心

故里の城山遠く見上ぐれば弥生月影花は散りゆく

人はみな年の数だけ夢があり夢尽きるまで生きて逝きたし

カランコロン下駄を引きずり祖父は行く山里の空今日は虹色

梵鐘《かね》の音《ね》に秋の日暮れる山里の思い出さえも今はまぼろし

今一度女の優しさ膝枕やおら逝こうか地獄への旅

茜雲宍道湖《しんじこ》そめて日は暮れる玉造《たまつくり》の温泉《ゆ》影は灰《ほの》かに

浜村の出湯なつかし思い出は友の恋うた涙忘れず

茅ぶきの懐かしきかな里の秋今は思い出遠き日の夢

彼岸花咲いた故里思う時父母の墓石の赤く染む秋

津山線川柳《せんりゅう》の里弓削の駅河童に送られ今日は旅立ち

老いたりて人の生き様忘れども魂魄この世に永久にとゞめん

程々に人生《ひと》を生きたる老人《おいびと》は認知のふちを彷徨《さまよい》つ逝く

苦しさに目ざめて未だ午前二時ロキソニン呑む手痛くふるえる

如何にして残る人生生きるかや歩けなくなりや飢えて地獄へ

地獄まで片道切符の霊柩車《くるま》来る嬉しくもあり悲しくもあり

程々に夢見たりし我仕合せと思う向うに微笑みの女《ひと》

北国の雪もつめたい汽車の窓淋しさだけが旅の道づれ

雪の午後傘もささずに黒髪を吹かれて行くか北国の女《ひと》

春の日を一人旅する陸奥は名残雪かと頬に冷たく

黒髪をなぜに切りしか乙女子は何待ち想う花は咲かねど

手を取られ病院かよいの老夫婦我を見遣りて微笑みし朝

冷飯に味噌汁ぶっかけ食らう時生きる幸せ思う日もある

背がさむい目覚めて朝の雪は舞う襤褸を重ねて生きる幸せ

雪の舞う東尋坊の崖の上生命かけます泣いてくれますか

後三年《みとせ》生き行けるかと思う時苦しさだけが我に微笑む

雪の中傘もさゝずに行く人の頬にひんやり溶けて哀しき

雪簾烏城《うじょう》もおぼ(朧)ろ見えもせずひと佇みて何を夢見る

積り雪故郷《さと》の母上偲ぶ時電話のベルも寒く冷たく

雪の舞う富山荘こそ悲しけり人の逝く道唯哀れなり

荒ら家にたずぬる人の影はなし人恋しさに彷徨える街

小波《さざなみ》とあそびし女《ひと》の影はなく想い出だけがしずむ波間に

訪ぬれば我が学び舎の今はなし古木に残る遠き日の夢

眠りゆく骨の脆さの哀しさよ焼いて吹かれりや闇のかなたへ

死んだ後何処へ行くかと尋ぬれば仏のもとへと坊主嘘吐《つ》く

黒髪を染めて流した過去の夢恋の芽生えか二度咲きの花

旅の宿越中八尾の淋しさよ次の盆まで人かげはなし

目覚むればあれが竹林笹の音黒髪揺れた雪国の宿

粉雪の吹雪いて暮れる故里は偲い出だけが我を泣かすか

襟を立て吹雪さえぎり帰りゆく乙女黒髪長く散りゆく

故里の駅のホームに降りし時母の笑顔の今は懐かし

伯備線総社駅の想い出は別れ涙の女《ひと》は悲しき

帰り来ぬ思い出求め旅に出る明日は何処《いずこ》の人に会うやら

故郷の桜咲いたと便りありも一度見たしと妻は呟く

北国の雪が見たしと一人旅黒部立山あすは鎗岳

故里に今日もきこえる蝉時雨母の背中に秋を見る時

山里に紫陽花咲いて梅雨の雨牛追う祖父の背には蓑笠

田植花咲いた向うに雨がふる明日は棚田に蛙《かわず》目を出す

痩せ蛙鳴いて山里日は暮れる棚田にホタル青く黄いろく

山里に秋桜《コスモス》揺れる初夏の午後麦藁帽子乙女揺れゆく

日傘《かさ》の内白き項も清らかに夢に咲く女《ひと》三十路すぎれど

北国の最終電車着く駅は暖炉燗酒情けあう街

伯備線高梁駅を通る時故里の空ありがたきかな

窓により海が恐いと妻は言ふ横に降る雪風が泣く声

故里《故郷》のかやぶき屋根の思い出は鬼とあそびし童なつかし

ぼんやりと只ぼんやりと旅を行く何はなくとも倖せの時

会うたびに愛しさのますひとなれば髪のみだれも恋しかりし日

明日《あした》まで生きて行けると思う時花を買い来て妻に手向けん

黒髪に心ときめく時もある忘れられない雪の日の午後

人知れず去り逝きし人影はなし野に咲く花の忘れゆく秋

八十過ぎたら

惚けて生きよか
　残りの人生
なまじ正気じゃ
　世間が辛い
惚けたふりして
　己を忘れ
気が付きや
　地獄の釜の中

馬鹿になれ

八十歳から馬鹿になれ
自信のない時
馬鹿になれ
悔しいけれど
馬鹿になれ
残り少ない人生を
生きて行くなら
馬鹿になれ

私の人生観

人間どんなに　足掻いても
運命《さだめ》を変えれる　訳じゃない

苦しみ足掻くも　運命《さだめ》なら
程良く生きるも　運命なり

これが私の人生と　心に決めて九十年
今日もぼんやり　生きて居る
明日もぼんやり　生きて行き

生命《いのち》有るうち　生きて行く
どんなに苦しく　生きようと
己の決めた　生きる様《さま》

どうにか成るよと　思う時
空にゃ真っ赤な　日が沈む
私の生命《いのち》も　燃えて逝く

思い出の古里

雪のふる夜は
赤い囲炉裏火
焼いた栗の実
吹いて冷まして
爺様も一ツと
猫も目ざめて
囲炉裏火パチパチ

囲炉裏火赤い
栗の実焼いた
オ手手にあつい
オクチに一ツ
モグモグ旨い
背伸びをすれば
頬っぺが赤い

夜更けて炬燵に　温か眠い
外は深深　朝まで積る
明日も寒かろ　母さん言った

遠い昔の　故郷の夜
何時かしずかに　行きました

夕焼け空を真赤にそめて
山の向うへ　夕日は沈む

俺も故郷《こきょう》の　夕日が見たい
だけど俺には　故郷《ふるさと》がない

故郷《ふるさと》すてゝ　六十年
俺の故郷《ふるさと》　何処にある

母の墓石も　何処にある
それさえ今は　わからない

眠りし後に故郷の
赤い夕日も見えるやも
眠りし後に会えるなら
母の心で眠りたい

初恋

日傘のかげに　顔かくし
恥かしそうに　うつむいた
あの娘《こ》は遠い　想い出の
心にきめた　人でした
十九のままの　乙女《ひと》でした

私の背中に　顔よせて
恥かしそうに　微笑んだ
あの娘は何時も　側に居て
私の心で　笑ってる

十九のままの　乙女《ひと》でした

貴方が何処《どこ》かへ　行く時は
私も一緒に　行きますと
あの娘は言って　くれました
二人たのしく　夢を見て
十九のままで　逝きました

陽炎ゆらゆら
　日傘はゆれる
可愛いあの娘の
　笑顔は赤い
首のハンカチ
　冷やして巻けば
秋は近いと
　赤蜻蛉《トンボ》とぶ

鼻のキズ跡
　マスクで隠し
拗ねたふりして

横をむき
睨むあの娘の
瞳が可愛い
そんな乙女が
愛おしい

目が哀し

さりげなく
髪を束ねた
病院前で
白い項に
溶けて消えては
遠い何処かを
愁い含んだ
さりげなく
頬に手をやる

女が一人
バスを待つ
粉雪はらり
またはらり
夢見るような
目が哀し
女が一人

公園前で
白い項に
風に吹かれて
何を思うか
愁い含んだ

バスを待つ
櫻花はらり
またはらり
夢見るような
目が哀し

カンナ咲くころ
乙女に会うた
長い黒髪
そよ風吹いて
白い襟足
帽子でかくす
微笑みうかべて
カンナを見つめ
幸福《しあわせ》感じる
乙女《ひと》がいた。
あの娘かわいや
瞳がきれい

俺を見る時
　瞳が光る
光る瞳に
　涙が潤む
潤む瞳に
　ついほろり

追羽根に裳裾みだるゝ雪の朝

雪ダルマ溶けてきこえる春の音

旭川土手の土筆に春の風

梅ほろり鴬ないて春立ちぬ

雪うさぎとんだ向うに春の音

備北路へ雪割草が春をよぶ

花冷えに目ざめた蛙また眠り

蒜山の雪を溶かして田植かな

谷川を堰いて水浴び杉木立

ひぐらしの鳴いて地獄も盆の暮

梵鐘《かね》の音《ね》に釈迦の声きく盆の暮

秋深し温泉《ゆげ》で諸蒸す肥後の里

朝顔の一花しおれて盆の暮れ

立山の氷河《ひょうが》とかして夕涼み

隅田川屋形船にも秋のいろ

山の空葉煙草ゆれる祖谷の里

福寿草一花咲いての年はあけ

山桜咲いてあしたは東風《こち》の風

菜の花に蝶もかくれて春をよぶ

蓮華草咲いて田植か霜の朝

痩せ蛙鳴いて田植の時を告げ

シャクナゲに蜜蜂とんで梅雨の雨

向日葵の咲いて棚田は土用干し

茅蜩の鳴いて棚田に秋の色

軍鶏《ぐんけい》の鶏冠色付く里の秋

群雀《むらすゞめ》刈取前の祭り食《ぐい》

紅葉散り明日は雪かや山の空

南天に鵯《ひよどり》鳴いて雪をよぶ

人生を遣らずの雨に惑わされ

梵鐘《かね》の音釈迦も閻魔も目を覚ます

隠れ宿遣らずの雨にはなはちる

盆の鐘釈迦の心か慈悲の声

里の香をのせて山蕗飯のとも

軒ツバメ雛もとびたち梅雨の明け

病葉に初霜降って年はくれ

五月雨を鳴いてかなしむ痩せ蛙

捨人の抄

はやり歌今もどこかで聞こえ来る明日はこの歌どこで聞くやら

あてもなく汽車に揺られて北の果て思い出たどる雪の北斗星

隠れ宿愛しき人の思い出は遣らずの雨に燃えた温泉《ゆ》の街

口紅をマフラーで隠し去りし人愛しさだけが今は想い出

梵鐘《かね》の音に秋の日暮れる山里の母の思い出今は幻

遠き日の故里《さと》の夕焼け染まる頃塩辛蜻蛉あすは何処ゆく

茶のたぎる囲炉裏火こいし山里の友訪ぬれば思い出に泣く

遠き日の故郷《ふるさと》の空思う時塩辛蜻蛉とんで日はくれ

流行歌《はやりうた》聞いて心が淋しがりなぜか故郷《ふるさと》思い出させる

人生は生きて囃《はや》され八十年惚けて火葬《や》かれて闇のかなたへ

見返れば宮島口は遠ざかり平家怨霊夢も影なし

我とならば生きて行けると言ふ女《ひと》の手の温もりも今は冷たく

一人住《ね》の四畳半部屋生きる時幸せなりと思う人の世

茜雲里の夕焼け暮れなずみ麦藁帽子影は尾を引く

音久の坊と呼ばれた時もある今は捨人露草の宿

そばの花咲いた山里訪ぬれば友酒食いて青春に泣く

伯備線総社の駅で紙吹雪撒いた乙女の懐かしきころ

故里へ煙とともに帰る妻《ひと》想いでだけが我の手にあり

ホタル見て眠りゆけたら仕合せとつぶやきし妻《ひと》闇を見つめる

妻と娘《こ》に心で詫びて日は暮れる明日は地獄で鬼と酒盛り

陽炎の燃えて淋しい山里に日傘も揺れた初恋《こい》の想い出

後何年生きて流れてゆけるかと思いて暮れる八十九の秋

仄暗き灯火《あかり》求めてペンを執る故郷《くに》は吹雪か母は無事かと

因美《いんび》線美作《みまさか》加茂に下車《おり》し女《ひと》何時か会をうと雨に消えゆく

細細と降って溶けゆく名残雪故里もはや初音聞くころ

今一度母を見舞えと手を取れば白衣の乙女たゞ頷けり

故里の盆の送り火ゆれる時眠りし母は何を語るや

流行歌《はやりうた》聞いて心が淋しがるなぜか故郷今宵しみじみ

五月雨《さみだれ》を鳴いてよぶかや痩せ蛙明日は棚田に牛追の声

囲炉裏火に栗爆ぜし日の思い出は母の背中で夢見たりし頃《ひ》

痩せ蛙鳴いて夜中に目覚むれば眠れなきまゝ冷酒を呑む

花は散り遺骨《ほね》を枕頭《まくら》に生きる時山寺の梵鐘《かね》今日も淋しく

日傘《かさ》のかげ顔さえ見せぬ乙女にも頬そめし時恋の芽生えか

惚けてなを我の手を取り爪をかむ妻は今でも愛に生きるや

学びやを抜けてあそびし城山に十五の涙松風に散る

このままで見納めとなるか故里は思い出でし青春の朝

涙さえ日傘《かさ》にかくしてゆく乙女《ひと》を見送る我の目に涙あり

このままで眠りゆく程強からず水飲むだけで七日は生きむ

目がきれい言葉のこして去りし人今も心に青春のうた

白樺の木々の向うに雪山が白くかゞやく南部湯の里

桜見にあすは行こうか真光寺地獄の底で坊主手まねく

ホタルとぶ故郷《くに》の小川《かわ》こそ恋しけり母の袂の蒼白《しろ》く光りて

睡蓮の花によりそい眠りゆく女の心哀しくもあり

花巻の温泉《ゆ》の香恋しと妻は言ふ何時か行こうと慰めし日も

城跡の芝に寝転び初恋の乙女《ひと》偲ぶれど戻りこぬ春

数知れずひとに愛され忘れられ死んで地獄の鬼に愛され

眠りても側に居たいと言ふ人の遺骨《ほね》を枕に生きる日もある

瀬戸内の出崎港《でさきみなと》のなつかしき岩に残せし愛のきずあと

学び舎を抜けて登りし城山に今も残りし青春の歌

はにかみの会釈かわして行く女《ひと》の頬染めし時恋のはじめか

トンネルを抜けた向うに雪がまふ友と旅した津軽中里

風が吹く越中八尾旅の宿夜通し踊るおわら風の盆

旅すがら越中八尾風の盆踊るおわらの三味線《シャミ》の音哀し

北の果て五所川原街夜は更けて三味線《シャミ》泣く声も旅の思い出

命あらば知らない街を旅したい思いいて今日も汽車の窓辺に

浮草の人生なのと言ふ人の肩のふるえに夢を見る秋

茜雲故里《くに》の夕焼け暮れる頃《ころ》塩辛蜻蛉明日はどこゆく

ひと目見て少しやせたねと言ふ女《ひと》の愛し言葉の今はなつかし

未練かも思い出すかや初恋の人の笑顔の今は思い出

手を取りて幸せだよねと囁けば頷きし女《ひと》今は眠りて

倉敷の三番ホーム恋のあと蛍の光聞くも哀しき

見上ぐればここは尾道坂の町猫と夢見る若き日の友

遺骨《ほね》を抱き今を生きゆく馬鹿も居る明日は地獄へ二人行けたら

西日さす窓によりそい人は言う故里《くに》は雪かと淋しくもあり

背が寒い襤褸をかさねて尚寒いコーヒー店に暖を求める

雪の降る津軽ジョンカラ一人旅今宵青荷かランプ仄仄

老いてなを故郷の空恋しけり今は帰りて母を偲ばん

倉敷川柳芽を吹く岸辺にも恋の思い出なつかしきかな

流行歌《はやりうた》聞いて心が淋しがるなぜか故郷涙ほろほろ

明日《あした》まで生き行けるかと妻は言ふ病院窓辺に櫻咲くころ

学び舎を抜けてのぼりし城山に遠き日武士《もののふ》雲と語らん

故郷《ふるさと》の小川なつかし祖父の面影《かげ》小魚《はや》釣る背中丸く蓑笠

紫陽花の咲いて山寺雨の朝鐘撞く小坊主夢は覚めねど

むし暑き夜のとばりの降りたれど老人《ひと》は眠れず猶苦しくて

花菖蒲咲いて五月雨濡れ燕時間求めてとんで日は暮れ

五月雨《さみだれ》にサツキ濡れ咲く頼久寺ひねもす見惚れ日は暮れにけり

山里の木陰涼しく茅蜩《ひぐらし》の鳴いて今年も盂蘭盆《ぼん》は暮れゆく

縁台に団扇片手の詰将棋遠き日の友夢の思い出

風鈴の風も涼しく昼下がり寝る孫の手に猫も寄り添い

三味線《しゃみ》が泣く津軽温泉《ゆ》の街雪の宵流す唄にも寂しさを見る

美代子なる女《ひと》を愛すと友は言ふ流れて八年《やとせ》今日も暮れゆく

茶の滾る囲炉裏火こいし山里の友訪ぬれば思い出に泣く

人生を夢見し時は過ぎてゆきてたゞ泡沫の時は暮れゆく

惚けきれぬ老人《おいびと》哀し人の世を彷徨いつ逝く地獄への路

白砂に指でなぞりし女《ひと》の名は今も心に青春のうた

黒髪に心ときめく時もある忘れられない雪の日の午後

今一度妻にかくれて膝枕やをら逝こうか地獄への旅

ふと目覚め冬のホタルを見たと言う眠り逝くまで妻夢見人

ふりむけば女の笑顔付いて来る仕合せかんじた遠き日の午後

馬鹿でよい惚けてなを良し人の世は正面《まとも》生きれば猶も苦しき

愛すれど叶わぬ人と思うれど花は咲きます矢車の花

朴歯下駄マントも揺れた六校マン明治、大正、昭和、夢あと

カランコロン麦わら帽子浴衣掛けスイカぶらさげ祖父は何処ゆく

老いてなを耐えて忍んで生きるより惚けて逝きたい残る人生

我も人飯を食らうて寝て起きて死んで焼かれて煙ゆらゆら

惚けきれぬ己の心哀れなり程良く惚けて逝くもたのしき

吉井川たれが流した未練花過去も未来も夢の彼方へ

著者紹介

杉本　隆（昭和六年二月十一日生マレとの事、岡山県川上郡成羽町下日名）

著者（昭和35年ごろ）

酒造杜氏（日本酒）

一級技能士

昭和31年より平成16年（25歳～72歳の48年間）

労働事故により退社

岡山県内

酒造杜氏歴代過去最長年なる男なれど……

夢尽きるまで

2020年12月1日　発行

著　者　杉本　隆

発　行　杉本　隆

発　売　吉備人出版
〒700-0823　岡山市北区丸の内２丁目11-22
電話086-235-3456　　ファクス086-234-3210
ウェブサイト www.kibito.co.jp
Eメール　mail：books@kibito.co.jp
郵便振替 01250-9-14467

印　刷　株式会社印刷工房フジワラ

製　本　有限会社山陽製本

© 2020 Yutaka SUGIMOTO , Printed in Japan
乱丁本、落丁本はお取り替えいたします。ご面倒ですが小社までご返送ください。

ISBN978-4-86069-638-2　C0092　￥1000E